AF313348

Vente du Vendredi 27 Mars 1874

LE SOIR A 8 HEURES

HOTEL DROUOT, SALLE N° 8

AQUARELLES & DESSINS

MODERNES

LITHOGRAPHIES & EAUX-FORTES

COMPOSANT LA

COLLECTION D'UN AMATEUR

Exposition publique : de 1 heure à 5 heures

VENTE LE MÊME JOUR A 8 HEURES DU SOIR

Mᵉ CHARLES PILLET,	M. DURAND-RUEL,
Commissaire-Priseur	Expert
10, rue de la Grange-Batelière.	16, rue Laffitte.

CATALOGUE

D'UNE COLLECTION

D'AQUARELLES & DESSINS

PAR

Barye, Bodmer, Bonvin, J.-L. Brown, L. Chabry, Charlet,
E. Delacroix, Decamps, Daumier, Gavarni,
Géricault, Guys, Ingres, E. Isabey, Prinsep, Th. Rousseau,
C. Roqueplan, F. Rops, Otto Weber

LITHOGRAPHIES ET EAUX-FORTES

DE MAITRES

DONT LA VENTE AURA LIEU

HOTEL DROUOT, SALLE N° 8

Le Vendredi 27 Mars 1874.

LE SOIR A 8 HEURES

EXPOSITION PUBLIQUE :

Le même jour, de une heure à cinq heures.

Par le ministère de Mᵉ CHARLES PILLET, Commissaire-Priseur,
10, rue de la Grange-Batelière ;
Assisté de M. DURAND RUEL, Expert, 16, rue Laffitte.

Chez lesquels se trouve le présent Catalogue.

CONDITIONS DE LA VENTE

———

Elle sera faite au comptant.

Les acquéreurs paieront *cinq pour cent* en sus du prix des adjudications.

Paris. — Impr. PILLET fils aîné, rue des Grands-Augustins, 5.

AQUARELLES & DESSINS

BARYE

1 — Antilope dans des roches boisées.

Aquarelle.

BODMER

(KARL)

2 — Les Rochers blancs

Bords du Mississipi.
Aquarelle.

BONVIN

3 — Cruches et pots.

Etude aquarelle.

BROWN

(J. L.)

4 — Piqueur à cheval dans une prairie.

Aquarelle.

CHABRY

(L.)

5 — Écluse près Anvers. — Effet de neige.

Aquarelle.

CHARLET

6 — Le Coup de vent.

Dessin à l'encre de Chine.

DELACROIX

(EUGÈNE)

7 — Turc assis près de son cheval et caressant un levrier.

Aquarelle.

DELACROIX
(EUGÈNE)

8 — Lionne déchirant un Arabe.

Ce dessin à la mine de plomb a servi pour l'eau forte cataloguée plus loin,

DELACROIX
(EUGÈNE)

9 — Christ à la colonne.

Vente Delacroix et vente Dauzats.
Pastel.

DELACROIX
(EUGÈNE)

10 — Deux Études de paysages, sur la même feuille.

Mine de plomb.

DELACROIX
(EUGÈNE)

11 — Chevaux arabes dans une écurie.

Etude pour le tableau connu sous ce titre.
Mine de plomb.

DELACROIX

(EUGÉNE)

12 — Cinq Études. — Chats, Arabes, etc.

Dessins à l'encre et mine de plomb.

DELACROIX

(EUGÈNE)

13 — Trois feuilles contenant quatre croquis.

Etudes d'après l'antique.
Mine de plomb et sépia.

DELACROIX

(EUGÈNE)

14 — Deux feuilles d'Études, d'après les eaux-fortes de Goya.

Crayon noir.

DECAMPS

15 — Un Turc marchant dans la campagne.

Mine de plomb.

DECAMPS

16 — Jeune Femme debout.

Crayon noir.

DECAMPS

17 — Château-fort en Asie-Mineure.

Croquis à la mine de plomb.

DAUMIER

18 — Enfants jouant dans la campagne.

Aquarelle.

DAUMIER

19 — Un militaire racontant ses exploits.

Sépia.

GAVARNI

20 — Le Quart d'heure de Rabelais.

Sépia.

GÉRICAULT

21 — Bourreau montrant la tête d'un exécuté.

Au revers, diverses études pour un tableau repré-
sentant un homme tombé dans la rue et secouru par
la foule.
Plume et mine de plomb.

GÉRICAULT

22 — Lions.

Croquis au crayon.

GUYS

23 — Coupé attelé d'un cheval.

Dessin à l'encre de Chine.

GUYS

24 — Officier des dragons du pape, à Rome.

Dessin à l'encre de Chine.

GUYS

25 — Quatre Etudes de femmes d'après nature.

Dessins à l'encre.

HUET

(PAUL)

26 — Pêcheur sur une plage. — Marée basse.

Aquarelle.

INGRES

27 — Le Duc d'Albe baisant l'épée de Henri IV.

Mine de plomb mise au carreau pour la gravure.
Vente Calamatta.

ISABEY

(EUGÈNE)

28 — Vue de Saint-Servan.

Aquarelle et gouache.

PRINSEP

29 — Amazone tenant son cheval.

Dessin à l'encre de Chine.

ROUSSEAU

(THÉODORE)

30 — Animaux dans une plaine marécageuse.

Fusain.

ROUSSEAU

(THÉODORE)

31 — Études d'arbres et terrains.

Croquis. Crayon noir.

ROQUEPLAN

(CAMILLE.)

32 — Un Montagnard, frontière d'Espagne.

Fusain.

ROPS

(FÉLICIEN)

33 — Le Boulevard des Italiens en 1864.

Fusain.

TURNER

33 *bis.* — La Plage de Yarmouth.

Sépia.

WEBER

(OTTO)

34 — Troupeau de vaches sortant d'un village.

Dessins mine de plomb et sépia sur les deux faces.

EAUX-FORTES

BRAQUEMOND

35 — Le Loup dans la neige.

Eau-forte avant la lettre.

BONVIN

36 — Le Guitariste. — Paysage, etc.

Quatre eaux-fortes sur papier de Chine volant.

BODMER
(KARL)

37 — Collection de vingt eaux-fortes.

Epreuves d'artistes, n° 25 de la série.

COROT

38 — Bateau sous des saules.

Eau-forte, 1er état.
Epreuve sur grand Chine.

DAUBIGNY

39 — Voyage en bateau.

Croquis à l'eau-forte, 1862. Epreuves d'artistes, avec texte par M. F. Henriet.

DECAMPS

40 — Un Lac aux environs de Smyrne.

Vernis mou, épreuve sur Chine presque unique.

DELACROIX
(EUGÈNE)

41 — Mariée juive dans son intérieur.

Eau-forte.

42 — Arabe d'Oran.

Eau-forte.

DELACROIX

(EUGÈNE)

43 — Chef maure à Meknez.
  Eau-forte 1ᵉʳ état avant toute lettre, sur Chine.

44 — Lionne déchirant un Arabe.
  Pièce au verni mou. Epreuve d'essai sur Chine avant toute lettre. Voir plus haut le dessin n° 8.

DELACROIX

(EUGÈNE)

45 — Le Christ au roseau.
  Eau-forte. Epreuve sur Chine.

46 — Tigre dans des jongles.
  Epreuve d'un bois gravé par Porret.
  Avant toute lettre.

SEYMOUR-HADEN

47 — L'Écluse d'Egham Loch.
  Eau-forte, 1ᵉʳ état.

48 — La Tamise à Old Chelsea.
  Eau-forte, 1ᵉʳ état.

SEYMOUR-HADEN

49 — L'Etang aux canards.

Eau-forte, 1er état.

50 — Le Jardin de Kensington.

Eau-forte, 1er état.

HUET

(PAUL)

51 — Seize eaux-fortes. — Paysages, forêts, etc.

Epreuves d'artistes sur Chine.

JACQUE

(CHARLES)

52 — Troupeau de porcs dans la campagne.

Eau-forte avant le n°, sur Chine.

LEYS

53 — Jeune femme assise.

Eau-forte, 1er état. Epreuve sur Chine.

LEYS

54 — Intérieur d'une imprimerie d'Anvers au
xvi° siècle.

Eau-forte, 1er état, sur Chine.

LEYS

55 — La Promenade hors des murs.

Eau-forte, 1er état. Epreuve sur Chine.

MEISSONIER

56 — Le Fumeur.

Epreuve sur Chine.

PRUD'HON

57 — Enlèvement d'Europe.

Eau-forte inachevée, 1er état avant la signature du
maître.

SAINT-MARCEL

58 — Le Jean de Paris. — Forêt de Fontaine-
bleau.

Eau-forte sur Chine.

LITHOGRAPHIES

DELACROIX

(EUGÈNE)

59 — Faust, tragédie de Gœthe.

> 17 lithographies et un portrait.
> Edition Motte, 1828.
> Texte et lithographies à toute marge ; demi-reliure
> maroquin rouge.

DELACROIX

60 — Le Giaour insultant le cadavre du Pacha.

> Lithographie ; épreuve d'essai avec des croquis sur
> la marge inférieure ; n° 752 de la vente Delacroix.

DELACROIX

61 — Scène de la folie d'Ophélie.

> Lithographie avant toute lettre ; n° 780 de la vente
> Delacroix.

DELACROIX

62 — Macbeth, scène des sorcières.

Lithographie n° 788 de la vente Delacroix.

DELACROIX

63 — Cheval sortant d'un marais.

Lithographie n° 788 de la vente Delacroix.

DELACROIX

64 — Jeune Nègre à cheval.

Lithographie n° 714 de la vente Delacroix.

DELACROIX

65 — Jane Shore.

Lithographie sur Chine.

66 — Hamlet au cimetière.

Lithographie sur Chine.

DELACROIX

67 — Jeune Tigre jouant avec sa mère.

Lithographie n° 761 de la vente Delacroix.

DECAMPS

(D'après)

68 — Chien basset.

Lithographie par M. Th. Chauvel, tirée à petit nombre. Épreuve avant toute lettre.

INGRES

69 — Odalisque.

Lithographie datée 1825.

MERYON

(D'après)

70 — Corvette marchant vent arrière grand largue.

Lithographie d'après un pastel par M. Th. Chauvel, tirée à petit nombre. Épreuve avant toute lettre.

PRUD'HON

71 — Le fils du maréchal Gouvion Saint-Cyr.

Lithographie originale de Prud'hon; 1er état avant la
signature du maître.

9 782329 389646